KB108858

솔바람 적시는 길목에서

솔바람 적시는 길목에서

발행일　　2018년 12월 24일

지은이　　권 동 기
펴낸이　　손 형 국
펴낸곳　　(주)북랩
편집인　　선일영　　　　　　　　　　　　**편집**　　권혁신, 오경진, 최승헌, 최예은, 김경무
디자인　　이현수, 김민하, 한수희, 김윤주, 허지혜　　**제작**　　박기성, 황동현, 구성우, 정성배
마케팅　　김회란, 박진관, 조하라
출판등록　2004. 12. 1(제2012-000051호)
주소　　　서울시 금천구 가산디지털 1로 168, 우림라이온스밸리 B동 B113, 114호
홈페이지　www.book.co.kr
전화번호　(02)2026-5777　　　　　　　　　　**팩스**　　(02)2026-5747

ISBN　　　979-11-6299-477-1 03810 (종이책)　　　979-11-6299-478-8 05810 (전자책)

이 도서의 국립중앙도서관 출판예정도서목록(CIP)은 서지정보유통지원시스템 홈페이지(http://seoji.nl.go.kr)와
국가자료공동목록시스템(http://www.nl.go.kr/kolisnet)에서 이용하실 수 있습니다.
(CIP제어번호: CIP2018041724)

솔바람 적시는 길목에서

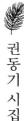

권동기 시집

북랩 book Lab

自序
제23시집을 내며

세계를 향해 기지개를 켜고
세상의 모든 잡념들을 떨쳐버리면서
목적지 향해 걸어가는 것이 삶의 지침이요
또한 나아가야 할 방향이 아닌가 하는
나만의 생각을 하면서

무너질 것 같으면서 버티고
버틸 것 같으면서도 무너지는
그런 기류가 새삼 떠오른다 해도
목표를 향해 가야할 길 따라
묵묵히 걷는 것이 당연한 도리라는 생각으로

봄에 씨앗을 뿌리고
여름에는 자라나는 새싹들을 땀으로 키우면서
가을에는 즐거운 마음으로 수확을 하면
겨울은 그 양식으로 따뜻하게 보내는
그런 수순을 밟으며 살아가는 것이 우리네 인생이다.

희망과 긍정의 힘을 바탕으로
진정한 민주주의의 정을 느끼면서
아름다운 터전을 가꾸어가는 것이
서로 믿고, 서로 의존하는 흥겨운 인간관계가
형성되어 가는 노선이 아닌가 하는

그런 찬란한 생각을 간직하면서
제23시집을 출판하는 고요의 맥박과 함께
숨쉬는 박동과 순수의 의미를 각인하며
화려하지 않는 문학의 길 따라
꾸준한 미래를 탐구하는 심정으로

총총히 걸어갈 진솔한 뜻과 더불어
앞과 뒤 그리고 양날개를 두루 살피며
미지를 향해 지탱할 꿈이 무엇인지 고뇌할 때
조용한 초야에서 형식없는 볼멘소리보다
자유라는 의미를 느끼며 사는 것이 또한 행복이다.

경북 영덕에서
權東基 배상

목차

4부

5부

001

가정家庭

우주의 빛을 거울삼아
지구의 뜻을 적시면서

국가의 선을 북돋우고
사회의 악을 물리치며

들녘의 정을 쌓으므로
서재의 꿈을 달굼으로

오늘의 넋을 토닥이며
내일의 혼을 일깨우리.

우는 새는 날지 못한다

혼란의 터전에 바람마저 분다면
옹색한 빛들이 은하의
꿈인 양

둔탁한 세상을 물들일 것처럼
격정의 시간들이 평화의
발버둥인 양

속병의 신음이 몰아쳐도
애잔한 가슴의 노래를
맘껏 담아야 한다는

그 음률이 고요해질 때
빛바랜 발자취들이 때론
당찬 삶이라 믿으려 한다.

어느 날 세상은

날 것처럼 창공을 두드리며
착시현상의 빛바랜 넋을 두고

뼈아픈 부메랑의 운명처럼
콧등으로 결과물이 떨어지듯

진실의 벽 타고 흐르는 빗물이
잔인한 협곡을 물들이며

가슴에 저민 단 하나의 정도
티끌 되어 사라지고 말테다.

004
경로애청敬老愛靑

받든 존경이
더 찬란하고

내린 사랑이
더 아름답듯

만든 늪보다
자연의 강이

하늘과 땅을
곱게 적신다.

진실의 벽

나름대로 힘찬 노래를
탐욕에 젖어 흐느끼듯
외롭게 부르기도 하고

설령 욕심이 과한 탓으로
황금빛 세상이라는 착각에
반성의 눈물이 흘러내리며

유추할 감정도 없이
긍정의 힘마저 내려놓은 듯
본질을 잃어버릴 수 있으나

살가운 소용돌이 속에서
태초의 진리가 아픔을 토해도
가식적 지혜는 여밀 수 없다.

결 핥는 삶

베풀수록 친절은
숨겨진 보석이고

거둘수록 인정은
드러낸 본연의 모습처럼

깨알같이 얽힌
허실을 찾을수록

실타래의 끝자락은
존재의 몫이다.

풍경 속의 꿈

감성 깃든
음유의 노래처럼

물음표 대신
느낌표의 무도처럼

풍경의 채색 따라
가슴에 여울지니

예술의 길목 위에
낙엽 하나 떨어진다.

008
어떤 미소

혼히 멋 부리기 위해
옷고름을 매만진다 하여도
한복 위의 마고자처럼
자연스럽게 피는 어울림이라는

진정 맛을 느끼기 위해
양념을 버무린다 하지만
단풍 물든 김치처럼
풍요롭게 익는 속삭임이라는

평화로운 역사의 바탕 위에서
잔잔한 미소가 전해지고
소박한 꿈을 이루어간다는 것을
우리는 조금도 알지 못한다.

방송의 사각지대

국민의 눈과 귀가 될 방송들이
시청률 높으면 높을수록
바라보는 시선이 집중되고
그 틈에 광고의 효과로 웃음꽃 필 텐데

편향적인 인물이나
눈살 찌푸리는 얼굴들을 들춰내어
이루고자 할 인기몰이에 연연하다
잠시의 빛 녹은 행운이 사라지고 말면

비단 쓰러질 듯 말 듯
나만의 시비에 얽힌 반론이 아니라
고난의 정론직필이 허물어진 채
아니 땐 굴뚝에도 연기를 뿜고 만다.

자연과 벗 삼아

허위와 가식이 존재하지 않는다는 믿음과
눈엣가시에 의한 불감증이 없다는 사회를 벗어나

지인들과의 한잔 술에 이야기꽃 피우며
자연에서 풍긴 맛을 두루 나누며 즐길 초야를 찾아

위대한 척 으스대며 자신을 높이거나
잘난 척 주름잡으며 타인을 얕보는 인류를 떼고

나지막한 산 아래에서 흐르는 강 바라보며
도란도란 외롭지 않을 삶을 누리고 싶다.

시의 숲

시집 속에 토해놓은
여러 흔적들 중

서정의 귀감이 될
인연들을 두루 골라

생동감 넘쳐나는
시와 그림이 하나 될 시화를

돌과 나무
그리고 흙에 담아

어느 아늑한 쉼터에
다소곳이 펼쳐놓고

오고가는 자연인들과
인생이야기에 취하고 싶다.

아픔은 순간의 향기다

엉켜 불거진 분노와 흥분들을
값진 땀 무수히 흘리고 나면

동트는 출발점에서
석양 지는 갈무리까지

덧없이 흐르는 시간 앞에서나
끝없이 펼쳐진 자연 속에서나

환희에 젖어 자맥질하는 모습으로
하루의 뭉클한 향기를 끌어안는다.

새

울며
앙금 풀고
티 묻은 깃털 하나 뽑아
둥지 속에 가지런히 놓더니

절망을 삭혀 바다에 뿌리고
희망은 익혀 하늘에 날리며
미래의 우주를 향해
파닥인다.

묵묵히 걸어가는 삶

강물이 흐르다
암벽에 부딪혀도
웃을 줄 알고

구름이 떠돌다
나무에 휘감겨도
즐길 수 있다면

우리는
지쳐 쓰러져도
금세 일어나 걸어야 한다

아무리
험난하고 고통스러운 장애물이
길을 막고 버틸지라도.

평평한 언덕에서

빨리빨리 정서에는
불안감에 젖어 들고

느긋느긋 문화에는
안전감이 묻어나듯

속도조절에 따라
심리전술이 교차된다면

일찍 깬 새는 많이 먹고
늦게 잔 쥐는 적게 싼다.

016
출판되는 날

고뇌의 무덤 같은 시집이
숨 막히는 찰나의 행사처럼
매번 탄생될 때

미련 남아 뒤척거리거나
후회 없이 만족하는
그런 눅눅한 바람 타고

내면의 세계를 돌며
농작의 땀으로 모으거나
술잔의 정을 담은 원고지에

낮을 밀어 밤을 익히고
산을 두드려 강을 녹인 서정의 꽃을
켜켜이 물든 시혼만이 알 뿐이다.

아픔이라는 이유들

향기에 너스레 떨며 취하다 보면
되레 시든다고 항변하는

귓속말조차 끝맺음 없이 펼쳐놓고
속세의 아름다움마저 밀어내는

작은 문풍지의 사랑에 얽힌
못다 이룬 꿈의 현실을 부풀리며

지레짐작 손 떨림으로 다가오는
계절도 잊은 들녘의 전율이 얄밉다.

둥지에 핀 꽃

고요 속의 골방에
휘청대는 몸부림

공간은 적적하고
등불이 침침하여

시향의 노을빛은
여명에 사무치니

설익은 조약돌에
쉼표 하나 뒹군다.

영롱한 이슬처럼

펼칠 열정보다
푸른 꿈에 젖어 사는

감출 지혜보다
붉은 정에 빠져드는

더할 서정의 꿈을
덜할 허무의 정을

부채질하는 시간의 통로 따라
깃털보다 가벼운 춤을 춘다.

누구라고 말할 수 없음에

자연의 의미를 부여잡고
친밀한 관계를 형성할 수 있다면

호들갑스러운 사연이 밀려와도
일고의 가치를 느낄만한

그런 목소리들을 하나씩 접목시키며
지렛대 사랑인 양 다가설 수 있다면

그만큼의 삼림욕 같은 평화로운
훈풍에 녹은 정쯤 느낀 것인지를

끊임없이 온몸 바치다 나뭇가지에 걸린
목숨 다한 폐비닐에게 물어볼 일이다.

2부

속병에 젖은 삶이라면

지운 만큼
생각 전의 지혜가
소용돌이치는

거스를 수 없이
과거의 전철 따라
달려야 하는 삶이라면

놀란 만큼
행동 후의 생채기가
부풀어진다는

느슨 떨 겨를도 없이
현재의 허욕 따라
휘청거리는 인생이라면

돛단배에 옥석을 두루 싣고
험난한 여정이 기다릴지라도
초심의 마음으로 흘러가리라.

진리의 외침

동장군의 미소가
아무리 된서리 맞을지언정
풋풋하고 강렬한 빙하처럼

사자후의 울림이
미개한 뉘우침이 아니라
꿋꿋하고 냉정한 굉음처럼

언제나 피고 사라지는
속절없이 오고가는 생명같이
세상사 거역 못할 모진 발자취라면

이름 없이 머물다 사라지는 것보다
이루어야 할 일에 훼방꾼이 어지럽힌다 해도
더 깊은 본능을 멈추지 않아야 한다.

023
또한 생生

덧없이 펼쳐진 인생길 따라
묵묵히 젖어가는 시간 앞에

가끔 목적지를 두서없이 벗어나
간이역 부근 포장마차에 앉아

이방인들이 걸어가는 오솔길 바라보며
밤을 동행하는 등불을 안주 삼아

귀 막고, 눈 감고 산 아픔을 씻고
입 닫고, 코 잡고 온 역경을 녹이며

그리움 익어가는 세상을 향해
행복 넘치는 풍경 속으로 걷고 싶다.

만추의 파수꾼

빛나던 단풍들이 고개를 숙일 쯤
소중한 보석들은 어디론가 사라지고

쓰다 버린 그루터기만 앙상히 남은 곳을
알알이 맺힌 추억처럼 새들을 몰아내며

낙엽이 떨어져 거름이 된 지금도
임무 받은 그 마음으로 자리를 지키는

그들의 시선은 가히 멈추지 않는다
한파에 몸이 얼어 강풍에 쓰러질지라도.

찾아오는 꿈들

간혹
필요하지 않는 일들이
반가운 듯 다가올 때

언뜻
그리운 생각에 골몰할 쯤
외로움이 떠나갈 때

앙다문 입술 사이로
떨리듯 세상의 희비를
가슴으로 품어 안으며

언행의 감정이 엉켜
역경을 반추하듯 아파할지라도
미래를 향한 넋은 무궁하다.

함께 할 인연들

오해의 불씨가 있다면
그만큼 멀어지기 마련이고

우연히 마주한 인연이라면
저만치 떨어지지 않는다.

쌓은 상아탑을
막연히 내려놓을 수 없듯

희망의 빛 덩어리처럼
또 다른 동색에 감동한다.

강산江山의 노래

그 능선에 앉아
높이 볼수록 산이 좋다

정상에 오르고 싶은 뜻 억누르며
탐욕을 떨쳐버릴 수 있어 행복하고

그 수심에 젖어
깊이 느낄수록 강이 좋다

속 빈 강정의 뜻 가슴으로 되뇌이며
허물을 벗겨버릴 수 있어 흐뭇하기에.

자연 속의 감동

동등한 시선에
평등의 마음으로

동병상련에 젖은 시련이 있다 해도
삼라만상의 숱한 사연이 밀려 와도

끓인 만큼 찰기가 넘치고
우려낸 만큼 진 맛이 차듯

인내의 숱한 시간이 흘러도
홍분에 찬 보람은 말없이 다가온다.

어둠으로 가는 사회

나아갈수록 빛을 내며
더 강렬한 우리의 둥지를 바라는
그 한목소리가 두 갈래로 갈라지니

진리가 사상으로 옮아가고
지혜는 현실의 혀끝에 매몰되어
새로운 가치에 의미를 찾을 수 없고

핫바지에 방귀 새듯
되레 즐거운 날조차 뒤안길로
아집으로 허무하게 사라지고 말면

찰나의 바람 앞에 손사래 친 세월이
초췌한 굴레에서 유쾌하다 한들
옛 모습이 돌아올지 낙엽만 알 뿐이다.

정치政治

국민이 뽑은 그들이
숙인 머리 벌떡 세워

촛불 곁으로
태극기 밑으로 빌붙어

맹세한 눈빛은 흐려져
초심마저 뭉개버리고

그 밥에 누룽지 된
철면피의 언행이 가소롭다.

031
태풍

억센 추의 이름으로
갈망하던 사랑마저 내려놓지 못하더니
세상은 순전히 엉터리라는 탄식을 품고
시곗바늘 되돌리듯
비바람의 양 날개를 힘껏 펼쳐
던져진 주사위에 무엇이 나오든
시위를 떠난 화살이 어느 곳에 꽂히든
맞닿는 평화로운 터전마다 물거품 토하며
다시없을 으름장으로 훈계라도 하듯
깃털 같은 잔해마저도 산산조각낸 후
유유히 웃으며 사라진다.

어설픈 만남들

혼히 대인관계에 느낄 수 있는
땜질식 변명의 불씨들이
좀처럼 다정으로 뭉쳐지지 않고
악의적 표현에 지나지 않으니

허허벌판에 우후죽순처럼 솟아나는
향기 없는 잡초들의 행렬처럼
우리들 곁에서 약속이라도 한 듯
좋으면 떠나고, 싫으면 남는다.

꽃피는 길 따라

겨우내 얼었던 개울물이
태고의 신음 자아내며
완연한 봄을 위해 기지개 켜듯

너그러운 속살 드러낼 힘이
찰나의 행복 부풀리며
풍성한 만남을 예언하듯

외투 벗은 상춘객들이
나뭇가지에 걸린 미소처럼
곱게 물들이기를 기다린다.

길은 길일 뿐

누구나 가끔
선인이 걷던 길 따라
조심스럽게 걷길 원하지만
희망이다.

누구든 간혹
내가 품은 책을 후세들이
자유스럽게 품어주길 바라지만
과욕이다.

찬란한 과거의 배경을
희망찬 미래의 거울로 삼아
자연스럽게 양식을 갈망하는 마음은
방랑자의 몫이다.

035
허구에 찌든 세상

국민의 속을 들여다보기 위해
딱 만분지 일에게 질문을 던져
하나의 뜻에 따라 전체를 파악한다면

모든 것을 편견에 얽힌 몸통처럼
호들갑 떠는 언론에 의존한다면
허와 실은 과연 어디에서 찾아야 할까

하늘을 가꾸는 은하수나
땅을 보듬는 농산물이나
바다를 지키는 해조류도

부처나 예수나 공자가 될 수 있다는
마치 시궁창에서 용 나듯 한다면
지나가는 이방인의 숨소리도 믿지 않는다.

현실에 주어진 희비들

끌어모은 거름더미 헤치며
모골이 송연하리만큼
숨길 수 없는 고뇌를 뱉듯
괴로워하든

비집고 들어갈 틈도 없는 곳에
황금을 덧칠하리만큼
뒤숭숭한 분위기 연출을 씹듯
너스레 떨든

애당초
향기마저 피어나지 않던
그 좁다란 서정의 문살 너머로
잊어진 사생활이 하나씩 떠오른다.

농번기의 하루

조식은 하나둘 반찬이 올라와도
젖가락 갈 틈새도 없이
허둥지둥 농토로 나가기 바쁘고

중식은 그냥 스치는 바람인 양
라면이나 국수로 대충 때울 수밖에
헐레벌떡 여유 부릴 시간도 없지만

석식은 진종일 옭아맨 실타래를 풀어
혼미한 혼과 늘어진 몸을 되돌리기 위해
아기자기 작업복 벗고 등목한 후

농무의 땀이 헛되지 않을 즐거움으로
달빛 드리운 전원의 마당에 둘러앉아
유유자적 자연의 술 향기에 녹아내린다.

운명 따라 가는 길

잿더미가 되어도
산증인이 있다면
흔적 없는 그 지점에
옛 모형을 넣을 수 있고

지정되지 않아도
생명을 위해서라면
안전하지 않은 공간이라도
막 불시착할 수 있는 것처럼

한없이 이루고도
아픈 기억으로 파장이 일어나고
불행으로 얻은 행운의 시선에도
행복이란 미소를 띨 수 있다.

버스 안에서

좌석번호에 안전띠 두르고 앉아
목적지 향하는 좁은 공간에서

차창 밖의 세상을 바라보거나
폰 문화에 흠뻑 빠져드는 반면
과거의 틀에서 벗어나지 못하고

대화는 이웃 간의 논물 싸움 같고
핸드폰은 외양간 소 울음 닮고
간식 행위는 느티나무의 비닐 떨리는 소리라

그 긴 잡음이 끝날쯤이면
종착지에 도착한다.

어느 고을의 풍경

저 외딴곳
아늑한 분위기에 취한
집 한 채

조상님이 짓고
부모님이 보수해 살다 간
그 터전에서

가훈을 가슴에 안고
대를 이어가는
그 모습 상상하며

운전대 너머
낯선 풍경 속으로 스치는
굴뚝연기가 참 곱다.

누려야 할 길목에서

맥없이 신들리고
혼 빠진 것처럼
쓸쓸하게 쓰러지는
낙엽뿐 아니라

생명들이 머물다
어느 날 두서없이
석양 안고 사라지는
허무의 맥박 같은

미로의 길 따라
혹독한 속세의 이름으로
뼈아픈 기억들을 뭉개고
맘껏 복을 누려야 한다.

042
이미 봄

아직
천지가 설화인데
신음소리 들린다.

지난
만추에 뿌린 씨앗이
꿈틀거리기에

이른
기지개를 켜며
넣어둔 작업복 입고

결국
녹지 않은 논밭 오가며
새싹 노래에 귀 기울인다.

043
허虛와 실實

봄이라는 이유로
응당 꽃답게 피었으나
어찌 향기가 없겠냐만

저만치 떨어진 곳에
무심히 뱉는 정이라 한들
콧잔등 넘어온 고운 뜻이라

올 한해도
붉은 닭의 기운 따라
분명 유난히 빛날 것도 같다.

044
맘먹기 따라

핀다는 걸 알지만
코끝에 닿은 후에야
비로소 향을 느끼듯

이유 있는 항변도
가슴 치며 뉘우쳐야
연민의 정이란 걸 알듯

희비에 억눌리지 않고
살아갈 곳마다 믿음 안고
어여삐 살아갈 수 있다면

쓰린 아픔이 가로막아도
여유로운 목적을 향해
묵묵히 걸어가야 한다.

산행

산봉우리를 탐하는 게 아니라
넓은 세상을 느끼기 위해
그 곁으로 다가서서

능선이나
계곡에 앉아
우러러보며

고뇌의 쓰라림을 도려내어
자신의 선악을 해부하여
참회의 시간을 안고

오르는 희열에 취해
위대한 양 사자후를 토하는 게 아니라
나지막이 희망의 노래 음미하며

작은
행복을
줍는 일이다.

건드리지 마라

세상은 조용히 살아가는 사람들을
그냥 내버려 두지 않는다.

속삭이듯 꿈틀대는 이야기라도
솔깃한 귀를 기울여야 하고

막연히 펼쳐진 병풍일지라도
부릅뜬 눈으로 살펴야 하고

꿀 먹은 벙어리가 아니라
열린 입으로 유머를 토해야 하며

방방곡곡에서 뿜어지는 향기들을
벌렁거리는 코로 자극해야

비로소 경이로운 공간 속에서
살아 숨 쉬는 인생이라 한다.

어느 날

동구 밖 지인 트럭에 비집고 앉아
스치는 숲으로 눈동자가 돌아간다.

이웃 마을마다 훈훈한 민심을 대변하는
풋풋한 풍경들이 함께 달리며

저마다 불붙은 여흥에 젖어
외로운 정기마저 여정의 끝자락에 묻고

새로운 미지의 늪 가까이 다가와
괴리의 넋을 무심한 듯 내려놓고

정지시켜 올라탄 그 지점에 내려
밤공기에 취해 별들과 비틀거린다.

숨어서 사는 세상

누군가 괭이 들고 가던 내게
믿는 도끼에 발등 찍힌 화젯거리라며
조촐한 원두막에 마주 앉아
보물 한 보따리 풀어놓고 소곤대며

오지랖 여민 세상을 향해
밀알에도 허구가 숨어 있다는 뜻을
종잇장에다 한 획으로 크게 찍어
뚫어지듯 '정론직필' 갈겨쓰고

그토록 믿었던 신문을 불길에 넣고
속임수에 얽힌 활자의 몸체를 꺾어
누적된 고뇌와 더불어 털어내더니
어디론가 떠나가는 모습이 홍겹더라.

049
독서에 핀 꿈

글과 함께하지 않으면
과거에 얽매이게 되고
현재와 동떨어진 말만 되풀이하며
늘 그 자리를 맴돌 뿐이기에

지나온 길이나
다가갈 길에 책 꾸러미 펼쳐놓고
부산히 걷는 각박한 시간 속에서도
나뭇잎 춤추는 의자에 앉아

고요한 기온이 도는 계절 따라
늘 마주칠 향기에 녹아내리는
높은 깊은 넓은 진리들을 골고루 섞어
다함께 서정의 꽃 가슴에 품는 날이다.

평화로운 전원의 하루

비 갠 후
며칠 움츠렸던 가슴 펴고
삽 하나 들고 농로에 서성이다

징그러운 개구리들이
백로의 눈치를 두루 살피며
농수로에 웅크리고 앉아

하늘 향해 입을 모으고
고요의 밀담이 끝난 직후인지
합창단의 노래가 시작될 쯤

논둑 길 벗어나
돌아오는 다리 위에
무지개가 쑥스러운 듯 걸려있다.

살아가는 방식 따라

설령 삭막하다고 말하지도
살벌하다며 몸부림치지도 말고
묵묵히 공간 속으로 자지러지듯
강이 흐르는 것처럼 숱한 아픔 삭이며

결코 육신에 얽힌 상처들을
가슴 찢듯 요란하다 한들
소박한 미소 속에 묻어버리고
아무 일도 없었던 것처럼 마음을 닦으며

미친 듯
걷자.

출렁대며 사는 세상

굴러온 돌이 박힌 돌 빼듯
기왓장 걷어내고 양옥을 지어
터줏대감인 양 고함치는
짐승들의 세상을 바라본다.

새로운 영웅이 당차 보이지만
상호 간의 불평이 쌓일 때면
평생의 숙명인 양 살아갈지라도
늘 생사의 물음표에 살기가 돋고

저질러 놓은 만큼 되갚음 당할
자연의 순리조차 망각한 채
영원의 지존인 양 호령할지라도
마지막 궁지에 내몰린 후에야

부자연스러운 과시에 얼룩진
후회에 의한 반성의 건널목에서
용서와 화해의 시간조차 돌이킬 수 없어
마지막 한마디 말 남겨놓고 있다는 것을.

가다 쉼은

때론 가슴을 쓸어내리는 땀이
눈물의 값어치보다 더 진하게 흐른다.

비단 설렘으로 보내는 메시지가
선물의 감동보다 더 깊이 와 닿는다.

마음으로 전해지는 미풍의 흐름 따라
소중하게 와 닿는 역사의 줄기 따라

가끔 밝은 날에 요동치는 아픔이 서려도
굽이치는 과거를 딛고 미래 향해

흐르는 강물처럼 지혜를 추스르면
떠가는 구름처럼 이상의 꿈이 열린다.

논밭에 이글대는 생명들

땀이 밴 후끈한 모습들을
평범한 사람도 역성 낼 만큼
마법의 심장을 도려내듯
흥분의 도가니 속으로 휘말려가는
초야의 아침

맥없고 연약하면 저잣거리에 보내고
튼실한 씨앗은 보금자리에 아로새겨
새 생명이 천지를 감동시키듯
미래의 탯줄이 희망으로 익어가는
전희의 빛을 본다.

바른생활

한없이 감추고 싶은 말도 있는 반면
부끄럽지만 당당히 내뱉을 말도 있다.

자신이 앓는 병이나 찾고자 하는 직업은
가슴앓이 속으로 물들어 간다면
그 삶은 돌아올 수 없는 강을 건너지만

진실의 속삭임으로부터 전파된다면
아무리 악한 병이라도 털어버릴 수 있고
헤매던 천직도 빛바랜 기회로 찾아오듯

속 빈 강정에도 지혜의 빛이 스며들 때
비로소 생은 행복해지는 거다.

태풍

제발 오지 말라고
정말 와야 한다고

찰진 땅이라 태양을 기다리고
마른 땅에는 이슬이라도 구걸하듯

논과 밭두렁이 무너져도 노래하고
전원과 산천이 날려간다 해도

거대한 눈빛이 변치 말기를
남녘 하늘 향해 주문하더니

그 열변에 희열을 느낀 듯
기어이 고목 뽑히는 소리가 요란하다.

단비

산속의 열매만
단 것이 아니라
거북등 녹여주는 것
또한 달듯

뿌린 후
시들던 새싹들이
생기 찾으며
웃어줄 때나

오고가는
속삭임에
활짝 핀 모습으로
답례할 때나

농토를 살찌우며
풍요의 빛 따라
성숙해 가는
그들의 어깨 위로

달콤히
내리고 있다.

조용히 사는 길

한때의 성공이 영원할 수 없듯
어느 날 별처럼 빛나던 백옥들이

삽시간에 나락으로 물들어가는
슬픈 이야기를 듣노라면

산촌에서 풀 뜯으며 살아가는
짐승들의 생각 없는 아우성보다

열매의 맛으로 세상을 아우르듯
인류가 하나 되는 속삭임 속에

한껏 행복이 무르익는 날까지
생명의 존엄에 감사하며 즐거야 한다.

믿음 속에 피는 꽃처럼

보다 높거나
보다 낮거나 하면
영웅처럼 위대해 보이거나
신출내기처럼 업신여기지만

흘러가는 생각이나
박힌 심연을 드러내면
너스레 값으로 되로 주고
시련을 말로 받지 않아도 된다.

계절의 미소

전원은 사계절의 색상을 안고
묵묵히 한해살이의 꿈을 꾸며

호수에 남실대는 파고의 외침처럼
인생을 그려가는 그 크기만큼

풍요의 노래가 있고
물결의 춤이 있기에

꾸며놓은 옛 터전마다
새로운 정기가 여미어

희망의 강한 땅으로 거듭나면
터전에 당찬 여명이 솟아오른다.

모진 인생

보인다
괜히 시빗거리가 없으면
콧물이라도 빠뜨려야 만족하듯
멋대로 흘러가는 세상

스친다
본시 실수한 것을 망각하고
외려 영웅인 양 착각하듯
모나게 살아가는 인생

그런 행위에도 반성은커녕
자신의 눈에 박힌 들보보다
남의 미세한 티만 크게 보이는
그런 삶이 볼썽사납다.

낙인찍힌 논리들

농익은 진리처럼
곧잘 혼잣말로
공염불하지만

아첨 되거나
거만스러운 모습은
보이지 않고

비틀거리거나
흙탕물에서 빠져나와도
흉물스러움이 없으니

진정
참회의 눈물도
옥구슬처럼 맑다.

겉과 속

삭신이 쑤신다
혼란스러운 나라가
슬퍼서 노을조차 바라볼 수 없어
그리움 삼켜 울먹인 이유인지

사지가 저리다
소용돌이치는 사회에
아파서 인정마저 포용할 수 없어
고통에 겨워 탈진한 탓인지

그런 애끓는 사연들이 솟아올라
풀벌레 울음소리에도 놀라고
구들장에 핀 연기마저 괴로워한 터에
여명의 메아리마저 듣지 못한다.

그리움 익는 길

선인들이 머물다 간 뒤안길에
이름과 저서는 스스로 현재에 알려져
순수한 선의 꽃이 되었고

후세들이 밟고 갈 골목길에
자신의 허접한 삶이 미래에 전해지길
간절한 악의 풀이 된 채

유구한 세월의 언덕 넘어
옛 선비들의 다채로운 이상의 발자취들이
애타는 그리움으로 다가온다.

065

굽히지 않을 시간들

미로의 진리 찾아
헝클어진 지혜 담을
밑거름이 되고자

펼쳐질 이 땅에
비지땀 흘릴
시련도 더러 있겠지만

곤두박질칠 세상이라도
디딘 흔적들을 갈고 닦으며
자신을 익힐 또한 삶이다.

066
시드는 역사 앞에서

발버둥 치며 보낸
추억들을 들먹이며
입가에 미소가 피는 그대

새날이 온 만큼
저물어가는 현실 앞에
늘 청춘인 것 같지만

아버지의 세월처럼
어머니의 인생처럼

그 틈바구니에 서성이며
고요의 물결 따라
황혼빛에 익어간다는 것을.

솔바람 적시는 길목에서

운해의 물결처럼
삶의 향기를 감싸듯
지식을 채우는 것은

은하의 불꽃 같은
넋의 고뇌를 허물듯
마음을 비우는 것은

아첨하거나 논쟁이 아니라
진실의 본보기를 보여줄
산천의 해맑은 풍경을 통해

스스로 모진 허울을 벗고
소박한 꿈을 심고 가꾸며
숲속의 여정을 즐기는 삶이다.

068
마른장마

땅은 갈라지고
생물은 비틀어진 들녘엔
혹독한 뙤약볕이 춤춘다.

때론
금세 떨어질 듯
검은 구름이 활짝 웃다가도

언제 그랬냐는 핀잔주듯
욱신거리는 목마름에
막바지 비틀리는 몸짓에도

영광의 얼굴마저
제 역할의 푼수짓거리에
그냥 먼지만 휘날릴 뿐이다.

초록빛에 물드는 전원

조용히 밀려오는 메아리보다
달콤한 명언들이 들려온다는 것은

다람쥐 쳇바퀴 도는 무던함보다
가슴으로 달려드는 뭉클함을 위해

귀에 익은 정다운 노래와 함께
미래의 즐거움이 기다릴 마음으로

적막한 산사의 풍경소리보다
생명들이 춤추는 전원이 더 아름답다.

한해살이의 꿈

시들다 지친 그 꽃잎에
세월의 진물이 멍울져 흘러
애달픈 눈물을 닦아주고

울다가 멈춘 그 나무에
계절의 색상이 녹아내려
뭉게구름 붉게 물들이며

나누어진 계절 따라
그들의 발자취 담은 틀 속처럼
희로애락의 짙은 울림이 정겹다.

전하는 말

알지도 깨닫지도 못하고
꿈인지 생시인지도 잊은 채

지난해 숨겨왔던 사연들이
흔치 않은 경험으로 와닿거나

오래전 약속했던 기억들이
잊지 못한 그리움으로 피어나도

메아리에 전해진 구수한 언어들이
추억의 이름으로 들려올 수도 있다.

늘 그러하듯이

개처럼 벌어 정승처럼 쓰듯
많고 적음을 떠나 악도 선 되고
욕심이 속 빈 정도 채울 수 있는

그런 넋두리를 풀어헤치며
하나의 뜻과 음이 어우러져
풍요의 노래를 할 수 있다는 것은

여명으로 가는 물결 위에서
정성 어린 지혜의 불 지피며
영원히 꿈 향한 초심으로

채움도 나눔도 비움도
초원에 핀 정겨움 나누며
조용히 살아가는 것이 복일레라.

073

잔잔한 향기에 취해

혹독한 비바람이 불어온다 해도
그 틈새에 잠잠한 희망의 노래가 있듯

고뇌에 찬 뜻밖의 영감들이 돌출되어
소문 없이 여미어 오는 예술의 혼들이

짙은 몸부림에 얽힌 아릿한 추억처럼
대인관계의 농후한 향기가 흩날리듯이

관심 없이 버려진 조그만 공터에다
정감 어린 나무숲을 가꾸는 일이다.

달리고 싶다

가끔 떠오른다
낯선 곳 찾아 방황하려는
그런 생각에 뛰는 가슴 안고
열차에 올라 넉넉한 자연 속으로
갇힌 정 틔우며

어느 날 떠나기 위해
평상시 가고 싶은 곳 방점에 따라
고독의 심장을 두루 가라앉히고
버스에 앉아 훈훈한 풍경 너머로
열린 꿈 보채며

소꿉장난 같은 정겨운 이야기 나누며
푸념 없는 설렘이 어우러지는
찌든 공간으로부터 자유의 이름으로
그리움 피는 서정의 꿈과 더불어
맘껏 달리고 싶다.

돌아보면 보인다

끝이 벼랑이요 실패뿐이란 것을
알면서도 성공하길 바라고

발버둥 쳐도 인간답게 살 수 없다는 것을
느끼면서도 행복을 원하며

잠 못 드는 아픔이 밀려온다는 것을
예언하면서도 쾌락을 꿈꾼다는 것은

무너져가는 터전을 새롭게 가꾸기 위해
애타는 심정으로 노랠 부르는 이유다.

어느 신음소리

깊게 곪은 상처 안고
상흔에 눈물 쏟아부으며
과거의 눅눅한 길목 따라

짙은 화음에 오롯이 물든
전운에 에둘린 침묵 깨고
현재의 잔잔한 미소 따라

오랫동안 지치지 않을 만큼
곱지 않는 애꿎은 심정으로
행복 찾아 천천히 걸어가려네.

지난 시절이 떠오르면

추억의 사진 한 장이
가슴에 핀 감동의 물결과 함께
옛 모습 그대로 전해오니
그때 그 모습이 그리워서 울고

빛바랜 시집 한 권이
서재에 꽂혀 말 없는 세월 버티다가
어느 날 손아귀에 잡혀 드러나니
읽었던 그 날이 정겨워서 웃는

그 시절 속으로 유영하듯
애틋한 사연들이 주마등처럼 스치니
속살 후비듯 과거의 늪 속으로
속절없이 빨려든다.

삶의 가치를 찾아

웃고 싶을 때 웃지 않으면
우연히 걷다 꽃봉오리를 만나면
흥겨워서 울지도 모르고

울고 싶을 때 울지 않으면
처절히 딛고 산봉우리를 떠나면
서러워서 웃을 수도 있지만

순간의 의미를 예단할 수 없어도
너그러운 속세에 맥박이 전해질 때면
가슴으로 불거지는 행복 또한 포근하다.

끝없는 길에 서성이며

어느 예상 경로를 따르다 보면
섣불리 고정관념조차 느끼지 못할
구렁텅이 속에서 허우적거리기도 하고

어떤 평화롭게 일구어 놓은 둥지에
꿈밖의 시련이 앞다퉈 찾아와도
슬기롭게 마음을 다져 추스르기도 하고

때론 험상궂은 사연에 먹물 터뜨려
해맑지 않은 풍경에 암묵적 점을 찍어
가우뚱보다 끄떡거리는 웃음을 자아내듯

정답 없는 일상의 요철을 경험 삼아
잠시라도 잊지 못할 값진 굴레를 벗하며
하고자 할 열정의 힘은 멈추지 않는다.

울타리 속에 핀 우리들

외톨박이에 등 돌리듯 외치는
예전에 잠시 알고 지낸 것뿐인 그에게
오해의 불씨를 낳게 한 원인이라도

요염하게 감싸 안듯 소곤대는
만나면 악수한 것밖에 없는 그에게
이해의 너그러운 마음이 변한다 해도

결례의 도를 넘지 않고
체면치레의 어수룩한 모방도 없되
설레발 칠 후회의 짓도 하지 말라는

고된 노력으로 반성의 심장을 두드리며
내가 아닌 우리의 울타리 속에서
존경과 사랑의 미학이 피길 바란다.

5부

더불어 살아가는 세상

놓으면 잡히듯 이별의 공간이
먼발치에서 다가오고

당기면 늘어져 만남의 광장이
저만치 멀어져 가니

더불어 살아가는
신비롭고 정다운 터전마다

그립고 아쉬운 발자취만
얄밉도록 야속하다.

082
주농야시 晝農夜詩

낮 등골 휘어
땀 내음 진동하니

쉼 없이
너울 춤추고

밤 등불 놓아
책 향기 피어나니

글 빛이
노랠 부르네.

마음에 피는 전율

잡는다고 다 채우면
세상에 못 건질 게 없고

놓는다고 다 비우면
인생사 못 버릴 게 없듯

욕망의 곳간 닫고
희망의 길 열면

허드렛물에 뜬 티끌이 옥이면
쓰레기장에 핀 잡초도 꽃이다.

돌아오는 시각들

모르면서 아는 체하는 것보다
알고도 모른 체하는 지혜가 낫고

지고 못 사는 본능의 소치보다
자존심 무너져도 만족할 줄 알면

혀가 짧아도 침은 길게 뱉을 수 있듯
분수를 넘나들며 비아냥거려도 열 받지 말고

서울 도심을 두루 돌아보지 않고도
한국 수도가 아름답다 해도 웃으면 된다.

행여 기억될 추억들

어쩌다 비 내리는 날
동구 밖 다리에 서성이다
옛이야기처럼 흐르는
강물을 바라보며

언젠가
따뜻하게 주고받던 속삭임을
갈대숲에 서걱대던 바람에게
다시금 말한다.

반추의 세월 너머
흐릿한 기억들이 엉거주춤 여밀 쯤
뭉게구름이 님 마중하며
천년의 빛깔을 물들이다

항구에 비친 등대 같은
외로움으로 얼룩지던 날
빛바랜 청춘의 넋과 함께
서산의 황혼 되어 빛날 거라고.

여정의 시간 앞에

다가오는 느낌은 더디고
지나가는 전율은 빠르지만

스치는 인연의 풍경은
숨 쉴 틈 없이 흔들리는데

문풍지에 이는 바람은
낙엽 지는 소리에 넋 잃고

여정에 스쳐 지나간 푸른 사연들은
속살 간질이듯 잠든다.

허구에 찌든 못

밀짚모자 벗어두고
중절모 부대에 기웃거리다

손 놓은 가장자리에
잡초 천국이 된 후에야

팔자에도 없는 허구에 노닐다
본업의 흔적마저 사라지니

후회의 찌든 눈물이
강 되어 흘러간다.

아파야 운다

성질 급하면
열도 잘 받고

언변이 억세면
숨이 자주 찬다는

그 한마디에도
힐끗 업신여기며

가시밭길 따라
맨발로 뛴다.

전원생활

하늘 아래
터전 닦아
씨앗 뿌리면

밤낮 적셔
키운 생명
풍년 이루네.

강산의 노래

산이 밝게 춤을 추니
강은 맑게 노래하듯

구름이 내려다보며 너울거리니
고기가 올라다 보고 출렁대고

꼭대기에 오른 하늘이 존경하니
끝자락에 내린 대지가 사랑하고

산마루에 붉게 타는 단풍이 우니
강나루에 푸르게 떠가는 배가 웃네.

091

처연한 내면의 길

궁핍한 세월 안고
옛 모습 버리듯
멋대로 살아가길 희망하는

유구한 시간 속에
현 풍경 찾듯
뜻대로 가꿔가길 다짐하며

억겁의 상흔 드러내고
침체된 악취 도려내어
염원할 행복의 꽃 심으려네.

양 갈래의 희비들

날뛰는 이들은
예사로운 몸짓에도
위엄 있어 보이고

조용한 그들은
대수로운 증거에도
개념 없이 느끼지만

보는 시각 따라
가슴으로 와 닿으면
좋은 만남이고

느끼는 의중 따라
마음에서 멀어지면
나쁜 인연이다.

삶의 뜨락

마중할 땐
좋아서 웃고

배웅할 땐
슬퍼서 우는

우리네
인생 속에

지구가 돌고
강물이 흘러

오고
가는

길목은
고독뿐.

작은 율동들

뇌리에 감긴 작은 흔적이
환상의 넋을 벗긴다 해도
아픔을 향한 길이 아니듯

꺼져가는 도가니 속에
마지막 불씨라도 살릴
감동의 힘이 존재하는 한

하늘 우러러 존경하고
땅을 보듬어 사랑하며
모난 세상 바라지 않는다.

향기 나는 풍경

국가의 위기가 나락으로 떨어져도
삶마저 낭떠러지로 내몰리지 않으려면

사회로 지펴가는 불타는 꿈을
따사로움이 묻어나길 기대하며

가정마다 쌓여가는 다정한 마음을
너그러움이 피어나길 열망하는

소박하고 정겨움이 더해가는 터전을 품고
인류의 조그마한 외침을 듣는 거다.

못 다한 정

어느 날 그리움 휘날리는
산촌 동구 밖 들길 따라

어떤 이가 펼쳐놓은 사랑보다
넓은 의미가 더해져 깊어지는

누구나 품어 안은 행복보다
높은 여명이 불거져 솟아나는

초야에서 묻어나는 서정의 꽃을
가슴으로 문지르며 걷는다.

어느 농부의 하소연

세월의 험한 언덕을
약속한 듯 넘어오면서

애당초 뜻을 향해
애달픈 말은 없었지만

쉴 틈 없이 걸으며
생계의 땀 멈출 수 없었기에

이제라도 간이역에 앉아
예정된 유흥은 아닐지라도

앙상한 노래에
엉성한 춤추며

행하지 못할 즐거운 길 따라
함박웃음 지으며 살고 싶네.

걷는 길 따라

마중으로
세상의 행복 시작되고

동행으로
인생의 여정 이어지고

배웅으로
홀로의 시간 맞이할 때

추억의 장면들을 가슴에 묻고
미래 향해 여밀 듯 걸으리라.

099
각설하고

진리가 지푸라기 신세가 되고
예술이 꾸겨진 휴지가 된

그런 삶들이
내겐

또
다른

지혜를 담은
신비의 눈물 될 때

정성으로 빚어낸 결과물은
결코 흉물일 순 없다.

일생의 늪

찌꺼기를 씻어내며
살아가는 웃음소리

부정에서 긍정으로
이맛살에 박장대소

인생살이 묻어나는
세월속의 울음소리

높음에서 낮음으로
무르익는 희로애락